中国诗人

肖 峰

一著一

YI·

ZUO·

一座

SHAN·

山的

DE·

GAO·

高度

DU·

北方联合出版传媒（集团）股份有限公司

春风文艺出版社

·沈 阳·

图书在版编目（CIP）数据

一座山的高度／肖峰著. —沈阳：春风文艺出版
社，2018.7（2021.1重印）
（中国诗人）
ISBN 978－7－5313－5464－2

Ⅰ.①一… Ⅱ.①肖… Ⅲ.①诗集—中国—当代
Ⅳ.①I227

中国版本图书馆CIP数据核字（2018）第087521号

北方联合出版传媒（集团）股份有限公司
春风文艺出版社出版发行
http://www.chunfengwenyi.com
沈阳市和平区十一纬路25号　邮编：110003
永清县晔盛亚胶印有限公司印刷

责任编辑：刘　维	责任校对：于文慧
装帧设计：琥珀视觉	幅面尺寸：125mm × 195mm
印　　张：7	字　　数：127千字
版　　次：2018年7月第1版	印　　次：2021年1月第2次
书　　号：ISBN 978-7-5313-5464-2	
定　　价：26.00元	

总　序

　　中国是诗的国度。千百年来，人们沐浴在诗歌传统中，传诵着一代又一代诗人写就的经典之作。而伴随着现代社会和互联网的发展，信息的传播和接受更加便捷，诗歌的阅读与创作方式也在潜移默化中被改变，在信息量无限扩大的互联网世界，远离喧嚣、静赏诗意显得尤为珍贵。

　　中国诗歌网正是在这样的背景下应运而生。作为国家重点文化工程，中国诗歌网以建立"诗人家园，诗歌高地"为宗旨，迅速成为目前国内也是世界诗歌类互联网专业出版平台和中国诗坛最具权威性和影响力的文学阵地之一。

　　互联网时代诗歌创作的便捷激发了一大批诗歌爱好者与诗人的创作热情，他们在公交车上写诗，在工作间隙写诗，他们创作的诗歌作品贴近现实与生活，在追求好诗的道路上不断前进。春风文艺出版社有着久远的诗歌出版史，《朦胧诗选》和《汪国真诗词精选》曾一度畅销。近两年，春风文艺出版社一直致力于打造优质诗歌的品牌。本着推介中国当代诗人的原则，中国诗歌网与春风文艺出版社决定联合推荐出版"中国诗人"诗丛，共同打造"中国诗人"这一诗歌新品牌。该诗丛计划出版百部优秀诗集，在注重诗歌质量的同时，力求结合互联网与传统出版的优势，通过直观的文本呈现向读者介绍一批热爱诗歌、坚持诗歌创作的诗人，以期汇集中国当代诗歌优秀成果，展示当代诗人的创作实绩与创作风貌。

作为国家文化工程的中国诗歌网，推出"中国诗人"诗丛，也是在整个民族复兴的伟大进程中展示中国人崭新的精神风貌。因此，我们在百花齐放的诗坛，特别关注有家国情怀的厚重力作，提倡来自生活的独特发现，鼓励创新探索的艺术精品，推崇高雅纯真的诗情意趣。我们希望这套"中国诗人"丛书是体现诗坛正能量，能够引人向上、向善、向美的诗歌佳作。

我们满怀期待，我们也真诚希望广大诗人和诗歌爱好者关注这套诗丛，与诗同在，我们为此感到自豪和幸福。我们期待更多的诗人加入我们这套丛书，我们也期待这套丛书走进更多读者的心田！

叶延滨

2017 年中秋前夕于北京

序

深夜翻书

夜，很寂静。手指翻动诗集书页发出轻微的声音。

已经很久不熬夜翻书了。近日受托，要为肖峰的诗集《一座山的高度》写序，说实话，我已数年不写诗，也鲜有读诗了。偶尔在心头泛起诗情，也只是瞬间的兴致。我总是在想，时间是这么焦急地在消耗人，包括生理上的消耗，也包括心理上的消耗，当年"金戈铁马，气吞万里如虎"的豪迈气概，如今似乎已不复存在了。

好在心在，情就在，诗情就在心底涌动。

读肖峰蘸着墨香的诗集初稿，肖峰的印象历历涌在心头。

在我看来，肖峰乃真诗人，从少年写到青年，从青年写到中年，直到如今，笔耕不辍。仅凭这一点，就让我很佩服。里尔克说："有何胜利可言，挺住就是一切。"只有坚持、挺住，不断地在一条道路上求索不止的人，才有可能走向最后的成功。

我们都钦佩天才，不费吹灰之力，就能创造出为世人惊奇的鸿篇巨制，这当然是令人竖大拇指的事，而那些不畏劳苦，沿着陡峭的山路攀登的人更令人折服。世间事，一帆风顺者少，而艰难求索者众；顺风顺水的少，而历尽坎坷的多。特别是要在某一个领域出人头地，拔得头筹，那难度就更大。

我以前与肖峰其实并不熟悉，也没有在相关媒体上读到过他的诗歌，但我听到过他的故事。他在农村长大，通过写诗成为一名矿工。据说他小时候生活很艰苦，并没有上过多少学，他后来迷上了文学，把能够找来阅读的文学书籍反复阅读，并不断地写诗，到处投稿，后来频频有作品见诸报端，偶然的机会，有领导欣赏并发现他的文学才能，招成了矿工，从基层矿工又到机关，从此，改变了在陕北大山里生活的命运，一直成长为一家企业的新闻中心主任助理。在特殊的年代，偶然的机缘，文学也是能够改变一个人命运的。

肖峰这回给他的诗集命名为《一座山的高度》，我以为他是在预言他的诗已成为一座山峰吧，至于这高度，那要仁者见仁，智者见智。当今诗坛，喧哗与寂寞并存，喁喁私语和黄钟大吕同在，要说诗在人们的生活中消逝了，这是不准确的，至少是有失偏颇的，一个稍稍有品位的人，内心都会积蓄着深藏不露的诗情。中华民族的诗歌源远流长，作为中华儿女，没有一个人不是在诗请与词韵的沐浴中成长起来的。我们从小就摇头晃脑地背诵着"床前明月光，疑是地上霜。举头望明月，低头思故乡"，我们从小就手拉手歌吟着"明月几时有？把酒问青天"，我们从小就充满辛酸地铭记着"朱门酒肉臭，路有冻死骨"。正是这些诗意的生活与强烈的诗的质问，成就了我们这个伟大民族的内敛与崇高。生活不是没有诗了，而是越来越多地呼唤诗意的回归。

肖峰的诗的一个显著的特点是来自生活，高于生活。他歌咏生活中他能感悟到的各种人和事，远方的山，缺雨的日子，父亲的命运，表哥的电话……不管哪一首诗都是他生活中真真实实的一种存在，不管他的诗意如何撷取，他的意象如何营造，他的表情达意如何提炼，我们只要读着他的诗的题目，就能够感同身受一样觉得真实。"立夏了，黄土高原/依然活在苍凉的风里/缺雨的日子/农人脸上沾满了黄尘……"他表达的是高原缺雨的事实，是农人在缺雨的状态下对雨的渴望，没有雨的日子，农人只能"你在山峁上种地/我在沟洼上除草/男人们的信天游/像三月里的雷声"。我理解，他表达的是对农村靠天收的生活的一种真情。我们的新农村在不久的将来能够摆脱靠天收的命运，我们的农业生活能够像工业生活一样，不管天气如何变化，都能做到旱涝保收，但现阶段，农业生活，还是处在阴晴圆缺的酸甜苦辣咸之中。诗中既表现有悲悯的情怀，也有对未来生活的渴望。

肖峰的诗的另一个特点是充满真情，平实如大白话。诗如其人，肖峰这个没有弯弯转的陕北豪爽汉子，他写的诗完全与他的人一样，没有故弄玄虚，没有深奥难懂，他感悟到的一就是一，二就是二，诗情与诗意就自然地在笔下流淌。我曾经几次见过肖峰在酒桌上，为表达对客人的尊重和敬意，酒到酣处，端起酒杯，亮起嗓子，就一曲陕北的信天游，唱得满屋皆竖起耳朵，都会心地在欣赏中领略陕北高原粗犷嘹亮的风味。

肖峰的诗更多的是关注煤，他对煤炭情有独钟。他写飞上云端的煤，写煤的爱情，煤的命运，煤的灵魂，煤的价值，写煤山，直到一生与煤相守，他用一个男人的真情，表达的是煤炭的真实爱情，他做到了一生与煤相守，一生倾注着煤。诗人凌翼曾说，肖峰的生命中有两样东西，一个是煤，一个是酒。这话说准了，他走到哪里，口头挂的都是煤炭，他说他是矿工哥，他是煤炭人，他说："与煤相守的一生/是奋斗的一生/是快乐的一生/是幸福的一生。"

其实，于我内心而言，我更希望看到的是肖峰把所有的笔触延伸到煤中间去，他应当出一本关于煤炭的顶尖力作，就写煤，写矿工，写开采，写挖掘，写巷道，写掌子面，他有这个生活基础，他本身就有煤的品格。

那次在国二招开会，我见到肖峰的第一句话就是"你以后少喝点酒吧，你多写点诗，多写点煤炭的诗"。他哈哈一笑："诗是天天都在写，酒也是必须要天天喝的，喝完酒了，就写诗。"我突然有点发蒙，酒喝多了，还真能写诗呀？莫非李白斗酒诗百篇是真的？我还有下面的话没说，其实，李白是豪饮，但他的诗绝不是在醉酒状态中写出来的，酒神的威力是使人兴奋，使人发狂，但酒精的作用是要麻醉神经的，不清醒状态下写的诗，是难以使情感与理性有机融合的。不朽的作品是在迷狂状态下的天才产物，迷狂状态，酒神肯定只是发挥一点点的催化作用。我愿意再次叮嘱肖峰推杯换小盏，少饮多写动情的诗。

夜更深了，我合上他的诗歌文本。

此刻，我更愿意听到他用他独有的陕北之音，倾情地朗诵他美丽的诗歌，愿他的诗情永葆在生命的每一个里程里。

是为序。

周启垠

2017年9月13日于北京

目　　录
C O N T E N T S

远方的山

目 录
CONTENTS

目 录
CONTENTS

时光的痕

目　　录
CONTENTS

目　　录
CONTENTS

目　　录
CONTENTS

目 录
CONTENTS

目　录
CONTENTS

远方的山

远方的山

远方的山

独自苍茫

一个世纪的屹立

时间没有削弱它的高度

像一条蜿蜒的蛇

伏在时空的洞穴里

用两只魔鬼般的眼睛

看世界和人

用一身蜕化的皮

隐藏生命固有的属性

人在山里

最终将化为

一缕青烟

一抔黄土

远方的山

独自苍茫

山里的人

薪尽火传

缺雨的日子

立夏了，黄土高原
依然活在苍凉的风里
缺雨的日子
农人脸上沾满了黄尘
那一汪清冽的泉水
那一棵吐绿的柳树
让黄土地焦渴的眼睛
望得格外的出神
你在山峁上种地
我在沟洼上除草
男人们的信天游
像三月里的雷声
撞在对面的崖洼洼上
缺雨的日子
农人在高原上寻找爱情

父亲的命运

父亲老了

父亲是因为动了颅脑手术瘫了

没有任何办法的父亲

整天一个人睡在黄土炕上

父亲的身子骨动不了

但是父亲的心活着

父亲的眼睛像一盏灯

无论是天阴天晴

无论是白天黑夜

父亲一个人睡在黄土炕上

想过去从来不想的问题

看黄土味十足的窑洞

父亲在孩子们的面前

没有一滴眼泪

父亲在浮躁的尘世上

永远失去了洪亮的嗓音

父亲心里知道

儿女们有儿女们的事业

儿女们无法陪在他的身边

父亲望着窗外的阳光

没日没夜地苦苦地等待

直至最后的一天夜晚

父亲永远闭上了他的双眼

陕北唢呐

走过沉默无语的土地
吹响浑厚如梦的天籁
你如潮汹涌
喧嚣高原
北方古老的风俗
流向天空和太阳
人间所有的情感
随声浪滚动呐喊

所有无奈的泪水
注入泥土和黄河
所有欢腾的歌舞
组成历史的咆哮
唢呐和酒歌一起爆发
穿过浩渺无垠的时空
诠释世纪变幻的风雨
吹奏命运

陕北窑洞

选一块理想的山坡

安身立命

陕北的黄土汉子

挥舞镢头和钢钎

敞开心窗

让明媚的阳光

与舒适的民歌

同时漫过吉祥的天空

沉醉高原

正月和腊月骚动的情绪

在合龙口的鞭炮声里

倍加沸腾

祖先的遗愿哪

已不再是一种渴望

此时的陕北

窑洞赋予庄院

神圣亲切的感觉

请你们来吧

来为她祝福

让积蓄已久的情感

在燃烧的酒杯里

跳跃、欢呼

走进这温暖的窑洞

纯朴的风情

便会灌注浑身

一盘结实的土炕

笑纳百客

一把古铜色茶壶

宽容四海

你做梦也不曾想到

凡夫俗子

却享受着窑洞

天然的恩赐

他们祖祖辈辈

以土地为生

以庄稼为命

以黄河为龙

生生息息

历史在移动的岁月里

成为悲壮

弯曲的弓箭犁

射出了几代人耕耘的光芒

窑洞俨然成为

家族兴衰的见证

华夏传人的摇篮

从这里走出的儿女

永生不忘她的伟大

如同陕北人一样

窑洞会给你留下

坚定而深沉的希望

三月里的妹妹

三月里的妹妹

坐在门前

阳光洒落在她的身上

春风撩起她稀疏的头发

几只小鸡在院子里啄食

一只老黑狗在磨道里打盹

三月里的妹妹

坐在门前

她在一针一线密纳着鞋底

她在一次次地瞭望着村外

该是农民下地忙活的时候了

该是男人们外出挣钱的时候了

该是桃花和杏花盛开的时候了

该是一家老小快乐的时候了

该是自己的男人有出息的时候了

该是好日子一天天到来的时候了

三月里的妹妹

默默地坐在门前

她渴望的一切

正从乡村的黄土大道上

悄悄地走来

二 郎 山

壁立千仞

阅人间正道沧桑

气壮山河

揽千秋日月光辉

你如一柄宝剑

自由横空出世

你是一方仙镜

映照天地人心

登三清山

从地面

滑行至半山

三清山的美景

映入眼帘

沿栈桥

在万丈悬崖上

徒步

经历的是一种

惊心动魄

三清山

给你一种

仰望的高度

同时

也给你一种

攀登的神力

在天地之间

行走

你仿佛是一个仙

也仿佛是一个

前来化缘的人

与兀立的巨蟒石对话

与古老的迎客松合影

与烟雾缭绕的青山

捉迷藏

与八十岁的老人

话健康

三清山

仿佛是一个梦境

你在梦的画面里

行走

用一颗敏锐的心

洞察着她的美丽

用一双沉稳的脚

丈量着她的高度

仰望是一种美

平视是一种美

俯瞰是一种美

回味是一种美

三清山

留给你的是一种

梦的神往

美的行走

仙女瀑布①

像一面红旗

挂在井冈山上

革命中的腥风血雨

依然在林涛怒吼

太阳的光芒

月亮的清辉

依然在密林深处

翻阅着历史

人们沿着羊肠小道

在追寻革命英烈

矫健的背影

仿佛耳边又响起那

密集的枪声

仿佛前辈若兰②

又在和红军一起

①仙女瀑布：位于江西省井冈山，因形似仙女，故称仙女瀑布。

②若兰：即伍若兰，朱德之妻，革命英烈。

挥舞着双枪

阻击敌人疯狂的进攻

仿佛时间凝固了

历史的荧屏

让井冈山呈现

真理的化身

仙女瀑布

以穿越时空的永恒

将中国女性

神话般的形象

在井冈山上活化

给中国一种记忆

给世界一个奇迹

一条河的记忆

一条河的记忆

细长悠远

犹如儿时的歌谣

在山谷里漫游

用目光搜寻

一条河的记忆

梦的远方

有谁在流泪

看 秧 歌

祈盼的目光里

谁轻盈的舞姿

就让这春天

在乡村的土地上

红了一片

绿了一片

抑或是那密集的鼓点

敲开了谁家欢乐的心扉

我走进村庄

却走不出充满激情的人群

只有站在碱畔的高处

看流动的情绪里

谁在释放爱的力量

对 面 山

对面山很高

从沟里往上看

仿佛和天连在一起

对面山顶

长着一棵老杜梨树

小的时候

我和二蛋常爬上树

摘酸杜梨

玩拉弹弓

山顶就是一个儿童乐园

对面山很陡

它是大山的一个切面

山坡上长着庄稼

崖畔上盛开着野花

我的童年就在山坡上度过

对面山很老

谁也说不清它的年龄

像一棵千年胡杨

屹立在村前

让人一眼就看到

它黄土的面容

冷峻严肃

对面山很亲

谁也割不断对它的爱恋

山里有我的父老乡亲

山里埋着我的祖宗亲人

我是一个背井离乡的游子呀

几年回家

才可与它见上一面

对面山哟

我一生心中敬仰的大山

老　路

一条公路

像真理一样

横在人的面前

走来走去

有无数个背影

穿越时空的维度

印象深刻

一个人

无论命运好歹

往往被迫在一条路上

走好多年

岁月如水

路上的风景

依然如故

尽管你极力保持

洒脱的步伐

但是光阴总掩饰不住

生命的彷徨

一个环境

一座固体的桥梁

往往在你行走的时候

触动内心柔软的情绪

但目标向前

你仍在一条路上行走

可以看出

你淡定的目光里

有春天细雨的迷蒙

还有夏天如焰的升腾

石峁寻古

细雨迷蒙

石峁披着神秘的面纱

等你喜欢的俊男美女

撑着花伞

在石峁山上寻古探迹

传说中的女王

灵已归天

而她居住过的石峁古城

到处可见遗留的实物

石头墙、人头骨、玉石、壁画、石刀、石斧

四千多年前的人类生活

惊心动魄

我们站在石峁的山顶

环顾四周

感觉每个平凡的日子

处处溢满大地的芬芳

石峁的眼睛

石峁的眼睛

刻在石头上

垒在墙体里

如玉一样稀少

弥足珍贵

石峁的眼睛

不单纯

而是充满神秘和诱惑

谁想打开石峁的历史

只要看看这一双

刻在石头上的眼睛

就会找到

石峁独特的精神图腾

以及打开石峁密码的钥匙

母亲的镜子

母亲的镜子

像母亲俊俏的脸

挂在墙上

母亲年轻的时候

最爱站在镜子面前

看她俊俏的脸

母亲走后

镜子还挂在墙上

因为看不见

母亲俊俏的脸

我用头颅撞碎了

母亲的镜子

从此，鲜血模糊了

我的记忆

远　山

远山和天空黏在一起

远山和房子黏在一起

远山和电线黏在一起

远山和人黏在一起

远山寂静

听不见一点声音

我在玻璃窗内

向外瞭望

仿佛在看一幅油画

天上人间

天上太空

容易使人产生幻觉

我住在二十八层

仿佛睡在天上

有无数颗星星

在身边闪亮

人间太实

容易使人产生困惑

我走在城市的街上

仿佛进入井巷

有无数个人头

在眼前攒动

这无法逃遁的现实

让人一生穿越

时间在夜与昼之间流动

生命在苦与乐之间挣扎

每一次体验

都是一个新鲜的话题

不论在天上

还是在人间

只有一颗跳动的心

能够丈量出天空的高度

只有一种智慧的灵

能够体味出生活的真谛

为玉陶醉

我怀着虔诚的心

遍地找玉

群山静穆地接受

我的检阅

谁知道

一亿年前

这里曾发生过地壳运动

谁知道

一亿年后

一片小小的草叶

却成了玉石上浮现的美景

我坐在山顶

胸间充满无限的快乐

左手握一块玉

右手握一块玉

双手合拢

两块洁白如脂的玉

在我的掌心里

熠熠生辉

我兴奋

我迷恋

我激动

我陶醉

谁也不会想到

我会有这么充足的时间

陶醉在满是光彩的

玉的世界

陕北小米

陕北小米

颜色很黄

宛如金色的阳光

耀眼的辉煌

陕北小米

味道醇香

喝碗粥汤

浑身舒畅

陕北小米

名气远扬

五洲四海

众人皆知

只因为

陕北小米

在困难的年月里

是灵丹妙药

在烽火的年月里

是喷发的子弹

在和平的环境里

是一枚枚金牌

如果你还想念陕北

抑或是在想念陕北小米

就请你劈开空中的迷雾

睁大眼睛

瞭望陕北

你将会发现

陕北小米

宛如金色的阳光

耀眼辉煌

天　路

天路向西

乃是人的向往

一条笔直的路

通往布达拉宫

我在青海湖边

捡到一块石头

从东到西

一条笔直的路

绵延万里

让人惊喜

我站在青海

思索良久

决定将它空运回家

让石头从地上

飞到天空

然后再从天空

降落地上

最后沿着回家的路线

在一首《天路》的歌声里

让这块神奇的石头

回到我的家里

仿佛这是一种缘分

一种人与自然的偶遇

一个民族的信仰

还有一个石头般

坚定的梦想

我面对石头

遥望一条笔直的天路

向西，向西

拜谒塔尔寺

一生并不遥远的路

让我花了半生的时光

在寻觅

这是阴错阳差

还是机缘不到

我站在菩提树下

面对众佛

看芸芸众生

顶礼膜拜

此时

祥云正对着角楼

游客络绎不绝

我顿足于寺院

任时光与佛法律动

生命与信仰对话

到泥土中去

题记：在现代生活中，远离故土，追求城市生活的人越来越多，而真正值得珍惜和捍卫的土地却被越来越多的人遗弃。因而我主张一切追求理想的人应该到泥土中去，到农民中去，因为那里有从别的地方得不到的东西。

困惑的时候

哪也别去

抽点空闲

到泥土中去

那里有亲切迷人的生活

那里有生命成长的摇篮

看看庄稼

听听乡音

你会忘记心中的烦恼

无聊的时候

哪也别去

抽点空闲

到泥土中去

那里有热爱劳动的歌声

那里有播种爱情的种子

试试犁锄

唱唱山歌

你会感到生活的甜蜜

高兴的时候

哪也别去

抽点空闲

到泥土中去

那里有美味的山珍

那里有甘甜的泉水

吃顿野菜

喝碗米酒

你会留恋百姓的生活

抽点时间

抽点空闲

到泥土中去

到农民中去

那里有城市没有的东西

那里有滋养思想的珍宝

认认真真到泥土中去

你不仅会找到流失的岁月

还会找到真正的幸福

到泥土中去

你将是一个拥有真理的人

把我的名字留下

把我的名字留下

留给塔尔寺

留给刚察县

留给仙女湾

留给鸟岛

留给青海湖

留给藏族妹妹梅朵

我要和他们

一起分享

生活的快乐与美好

若干年后

如果我们久别重逢

他们会一眼认出

我就是那位为他们写诗的人

如果我不信守诺言

他们也许会将我忘记

像花儿一样自然地开放

像花儿一样自然地开放
不要问生活在什么地方
只要能看见绽放的花朵
只要能闻到醉人的芳馨

像花儿一样自然地开放
有的时候开在广场公园
有的时候开在深山老林
有的时候开在庭前院后

像花儿一样自然地开放
无论开在哪里

哪里就有美丽的倩影

无论开在哪里

哪里就会芳香四溢

像花儿一样自然地开放
只要有明媚的阳光和雨水
只要有蓝天和大地的呵护
生命就会有灿烂的光芒

秦　岭

一座名副其实的山

一座如秦俑一样威震四方的山

我在家中远眺秦岭

秦岭是一幅画

在云与山之间

在江水与平原之间

秦岭是一堵厚实的屏障

让南来北往的目光

望不穿秋水

古长安

车水马龙

灯火辉煌

秦岭绵延千里

岿然不动

我醉眼蒙眬

看云游的神仙

何时从天而降

雪白得耀眼

雪白得耀眼

犹如润肤膏似的

落在我的脸上

一片又一片

像白云又像梨花

轻轻的，轻轻的

似母亲的手指

在我的头上柔软地滑落

我是一个多情善感的孩子

雪天雪地上

我在用心寻找

那通向远方的脚印

和母亲失落的爱

雪白得耀眼

真像一道通天的灵光

保佑着我

和我的家园

陕北民歌

从山圪梁上翻过来的声音

是一种荡气回肠的声音

从弯弯山路上踩过来的声音

是一种低沉哀怨的声音

从黄河波浪间滚过来的声音

是一种苍茫悲壮的声音

从窑洞里泛起的声音

是一种清泉般澄澈的声音

这些出自山民心间的声音

是四季灿烂开放的花朵

是常年流动不息的河水

沟沟岔岔

坡坡洼洼

可以闻到它弥漫的馨香

可以听到它流动的韵节

把蓝天唱得更蓝

把白云唱得更白

把高原唱得更加苍茫

把村庄唱得更加迷蒙

把情唱得委婉

把爱唱得如胶似漆

把男人和女人的世界

把生命与自然的对话

唱得淋漓尽致

唱得激情飞扬

陕北民歌

有一种天籁般纯粹的声音

像田野里拔尖的玉米

它舒展的叶子

美丽传神

天地间

一年又一年

一代又一代

自由歌唱

那声音

缠住了我的脚跟

沉醉了我的心灵

时光的痕

春天的燕子

春天的燕子

从远方飞来

它黑亮的羽毛

擦亮了天空

一位钟爱石头的诗人

踩着春天的气息

望着飞翔的燕子

仿佛回到了童年的故乡

是呀

燕子是吉祥的天使

燕子是艺术的倩影

当燕子在空中盘旋一次

诗人的灵感

便会渲染出一片新绿

谁把时间剃成了光头

谁把时间剃成了光头

我在梦里找你

你是一束阳光

懂得四季花开花落

你是一只飞舞的蝶

会找到美妙的春天

谁把时间剃成了光头

谁似乎懂得了真理的存在

其实在每个过往的日子

我在匆匆地读你

远去的背影

沉　默

心平静如湖

思想单纯到迷茫的地步

眼前的汉字

密集如煤

手中的笔

没有一点神圣的反光

我不知道

在这个炎热的夏季

我的心灵受到了什么创伤

我不知道

我身边的人

精神发生了什么动荡

抛掉心中所有的忧伤

坚守岁月

让时光抚慰

心灵的落寂

春天到了

我从明媚的阳光里

读出春的气息

我从欢乐的歌舞里

读出人的精神

春天到了

一切该萌发的事物

开始萌发

春风轻轻地告诉我

你不要等待

这美好的时光

诗人走在大街上

诗人走在大街上

一手抱白菜

一手拎豆腐

诗人的表情

如手中的食物

一样冷漠

诗人走在大街上

白菜在涨价

豆腐在涨价

市场上的货物

都在涨价

只有诗歌无人问津

诗人走在大街上

将一本心爱的诗集

小心翼翼地装在兜里

诗人在想

守望麦田的人和我一样

诗人走在大街上

为受冷落的诗歌而伤感

一本好诗

没有一包香烟

一张舞票

一瓶青岛啤酒值钱

诗人走在大街上

虽有购物的欲望

却被钱一次次

赶出了商场

诗人的清贫和屈辱

无人知晓

诗人走在大街上

想什么时候

诗和白菜、豆腐

香烟、舞票、啤酒

一样畅销

诗人才活得有滋有味

诗人走在大街上

像诗的表现形式一样独特

路遥纪念馆沉思

比走路更累的是思考

比幸福更崇高的是理想

路遥选择的人生

是穿越时空的境界

是超越现实的生活

他每活一天

都朝理想的事业奋斗不休

他是一位文学的巨匠

他的死

如一位将军倒在阵地上一样

他是中国人民的自豪

他是世界作家的骄傲

日子过得飞快

日子过得飞快

快得让人缓不过劲来

生活里的人

就像舞台上的演员

一场演出完了

接着又是一场演出

时间的发条飞也似的

脚步和大脑在不停地运动

我们只有面对每天的生活

老年人说

日子过得飞快

不觉就进入了古稀之年

中年人说

日子过得飞快

夜里总是出现失眠

青年人说

日子过得飞快

工作一个接着一个

学生们说

日子过得飞快

天天都有解不完的难题

日子过得飞快

世界都在忙碌地运转

可是我们还得追赶时光

否则谁又能过上

那种幸福的生活

落叶是发

地上飘落的黄叶
是你脱去的头发
可你不愿承认
这会是事实
你懂得季节在变
你也明白身体在变
可在内心深处
你怎么也不敢想象
人和事物
为何如此的对应
短暂的一生
难道会是枯叶飘落
如果换成一头乌发
那将会是何年何月

观　雪

我站在窗口
大地一片白茫茫
想点燃一盏明灯
让它飞上天空
可能的话
再闪烁一双慧眼
问苍茫大地
谁的骨头
比雪还白

一声惊雷让我落泪

一个平凡的冬日

天空

炸响了一声惊雷

杰出诗人雷抒雁去世

九个黑体字

瞬间

将我击倒在电脑屏幕前

我极力搜索大脑的记忆

他不是说自己刚刚出院

他不是说自己患的是胆囊炎

他不是说要给我的诗集作序

他不是说还要和我一起采风

是呀，一个月前的通话

还没有在我的记忆中消失

而他却突然悄悄地走了

此时，我那本寄往北京的诗集

如同我每天等待的目光

停留在九个黑体字上

凝固在一个手机号上

一个再也没有回音的电话

让我的心

像一棵小草一样

在冬天的原野上

哀哀哭泣

一位中国杰出的诗人

一个通往天堂的电话

几十年后

我还能联系上您吗

人生之路

小的时候

走着一条弯曲的山路

母亲的叮嘱

老师的教诲

时刻在脑海萦绕

因为是一条黄土小道

所以对颜色十分敏感

长大之后

从山沟走到了城市

笔直的街道

那繁华的市井

与故乡的一切遥遥相望

我像一只迁徙的候鸟

穿行在城市的每一个角落

其实

每当我迈出沉重的脚步

便会有一种轻松的收获

城市与乡村只是环境的不同

苦与乐

进与退

只是一种心境的选择

没有什么比理想更美好

没有什么比行走更洒脱

前面的道路依然漫长

等待自己的依然是前行

既然如此

那就需要一鼓作气

踏破黑夜的阻拦

迎接曙光的到来

我在春天里向你招手

我在春天里向你招手

你还快乐吗

青青的垂柳

盈盈的桃花

就在我身边

你说时间都去哪里了

我在春天里向你招手

悠悠的白云

绿绿的草原

就在我身边

我在春天里向你招手

让马儿和时间

一起赛跑

三月的春雷

四月的春雨

就在我身边

让时间过得再慢一点

让环境变得再美好一点

让生命活得再精彩一点

我在春天里向你招手

你还快乐吗

好诗开在春天里

像一个初生的女婴

好诗开在春天里

她带给人类的惊喜

不只是一种幸福

或者责任和爱

更是一种生命的觉醒

一种前所未有的呼唤

我在春天的摇篮边写诗

看一朵小花

与一个春天

富于激情的绽放

春天的影子

春天的影子

沿着黄河

沿着苍茫的大漠

我看到了

春天投向人间的影子

那是金色耀眼的光线

那是自由飞翔的鸽子

那是风中摇曳的沙柳

那是洁白悬挂的冰凌

春的信息

都在我的眼中

慢慢地传递

人们等待

春的到来

如同黄河里的鱼儿

祈盼开河

我站在田垄

已经闻到了麦苗的清香

我抬头仰望

看到春天的影子

从天边的光芒中

一直投射到

大地的深处

人的这一生

人的这一生
谁也难预测
顺境逆境走一程
不枉活就行
莫说路多艰
莫说悲与喜
只想活着为了谁
跟着日头走

人的这一生
说长也是短
关键时刻不回头
再苦也要走
莫说白了头
莫说情近远
只想活着为了谁
一生不言悔

天　狗

天狗

不是天上的那只狗

而是放在我室内的一块石头

它不会说话

也不会向主人摇头摆尾

每天总是沉默不语

那年冬天

我在内蒙古旅游

发现了天狗

花了三千元钱

将它抱回

放在室内显眼的地方

它不动声色

总是仰着头望天

天长日久

天狗与我产生感情

望着它那高贵的头颅

我想诗人的个性

不也是一块坚硬的石头

不同的是

天狗是个哑巴

诗人是个活口

往往在天狗沉默的时候

诗人在烟雾缭绕的室内

释放生命

独特的想象

夜读《人生》

这清冷的北国之夜

天空下着一场

素洁的雪

我的心

一直在不停地

泛着血潮

不是因为爱情

或是加林和巧珍的恩怨

许是

那些如雪洒落的文字

灼痛了抑或是湿润了

我的心和眼睛

今夜不能入睡

只能让耳朵听雪

只能让心

一直在这清冷的北国之夜

不停地，不停地

泛着血潮

我的诗歌

我的诗歌

像一只黑蝴蝶

落在每一页轻型纸上

让所有喜欢她的人

眉飞色舞

有时一不留神

她就飞了

她究竟飞向了哪里

我不知道

有人说

她飞回了故乡

有人说

她飞向了矿山

有人说

她飞向了大海

有人说

她飞向了天空

有人说

她飞向了纯情少女的心间

我怎么也弄不明白

她到底飞向了哪里

但我为她的命运

能成为一只飞舞的蝴蝶

而感到十分的自豪

尽管她的颜色太黑

像朝夕相处的煤一样

虽然缺乏令人心动的美感

可是因为她特殊的色调

时常令我情有独钟

有时我也像她

一只黑色的蝴蝶

落在一间空寂的房间

不动声色

在那一支香烟燃起的时候

我发现

我的灵魂和我的诗歌

正像那一只飞翔的黑蝴蝶

在每一页洁白的轻型纸上

绕过宽敞的客厅

飞出诗意葱绿的窗口

飞向了天空

飞向了故乡

飞向了矿山

飞向了大海

飞向了纯情少女的心间

也只有在这个时刻

我会意地笑了

我的诗歌

一只黑色的蝴蝶

终于找到了她的归宿

她的每一次远出飞行

让我的心

在这宽阔的世界面前

变得无所畏惧

让我的眼睛

在这迷恋的生活面前

变得更加明亮

我想啊

我的诗歌

一只黑色的蝴蝶

在她飞向天空和自然的时刻

有多少双眼睛

像我一样

变得十分明亮

有多少颗心

变得激动不已

如此

我算真正成为一位诗人

一只黑色的蝴蝶

找到了自己

生存和飞舞的空间

钓　鱼

师傅能看出水的深浅

但却捉摸不定鱼的位置

与众钓友一样

我只有静坐在水草湖畔

一边抛线

一边等待游动的鱼群

像流动的云朵

从水中飘过

我发现

人的求生的奢望

远远超出鱼儿觅食的欲念

主线抛出之后

湖面上没有一点动静

许是鱼儿听见了响动

它灵机一动

钻进了芦苇

然后用警觉的目光

窥视湖水

谁曾料到

总有那馋嘴的鱼儿

冒着生死的风险

在水里游动

结果一颗饵粒入口

那隐藏水中的钓钩

将鱼的身子

全盘拖出

蓝天白云下

一场人与鱼的战争

宣告结束

影 子

今天早晨

我特别惊讶

我看见

我的影子在阳光下

比我个子还高

于是

我联想到人的灵魂

一定比身躯高大

可我不知道

为什么在黑夜里

我看不到一点自己的影子

我在想

我的影子

一定是躲在大地的深处

就像小时候

我经常躲在妈妈的身后

这个时候

我在想我的影子

他一定会带着一副敬畏的面孔

像彻夜不眠的矿工一样

总是微笑着迎接

黎明的到来

大槐树下

在城市的拐角处

有一棵大槐树

还有几位年长的老人

每天在一起聚会

他们操着不同的口音

他们怀着不同的兴致

他们在城市的拐角处

一会儿谈天说地

一会儿玩牌下棋

阳光照在他们的身上

感觉温暖

又觉亲切

眉宇间

洋溢着舒心的快乐

不要问他们来自哪里

不要问他们尊姓大名

大槐树是一个关于祖先的话题

大槐树下

总有讲不完的故事

每天我途经城市的拐角

面对几位年长的老人

感觉大槐树下的神态

源于本质生命的自然

美于画家笔下的描摹

在一个很不起眼的角落

我看到了中国乡村的生活

正在崛起的城市

填补空白

小 雪

昨夜天空下着小雨

今天窗外飘着雪花

我索性泡杯热茶

倚在窗口

想象一块石头

还搁在山里

被雪花埋没的过程

也许只是

短暂的一夜

而被雪花冷落的心

又何止一夜

夕阳在哪里

或者还被蒙在天空

而被雨水浸泡的日子

隐藏着泪水

如若像我

仿佛再饮一杯

茶水也可醉人

可这心中的无奈

如同今夜的雪花

难以拒绝

流　动

天地之间

有阳光流动

树与树之间

有风流动

人与事之间

有情感流动

南与北之间

有水流动

文字与语言之间

有思想流动

生命与自然之间

有灵魂流动

流动是自然活力的表现

流动是生命永恒的延续

观　察

猛地抬头

发现四只鸽子

像歼-16战斗机一样

由南向北

飞翔在天空

我站在一座拉索桥上

感觉人生的路

漫长美好

没睡醒的冬天

没睡醒的冬天

像一个经常失眠的老人

到了夜里

眼睛睁得比白天还亮

以往到了二九之后

气温一般在零下30摄氏度左右

而今年的塞北

没睡醒的冬天

却像一个喜欢做梦的孩子

到了元旦

气温还保持在零下10摄氏度左右

每个人都能感受到

天气的变化

可是谁也对此束手无策

没睡醒的冬天

依然像一个失眠的老人和喜欢做梦的孩子

他们在时空里穿行

却将冬天和春天的脚步靠得很近

听　雨

一夜小雨

在窗台上击拍

滴答，滴答

好似禅院

传出的声音

令人心旷神怡

酷暑季节

让这清爽的雨点

滋润万物

我躺在床上

却将一夜的美梦

洒向远方

秦皇岛之夜

夜

静静的

天空

静静的

大海

静静的

港湾

静静的

香格里拉①

静静的

我和妻子

静静的

诗和梦想

静静的

---

①香格里拉：香格里拉是秦皇岛海港区的一处五星级国际大酒店。

忧伤的三月

忧伤的三月

有南来北往的诗人

在通往秦皇岛的路上

满怀忧伤的心情

含泪吟诵

海子的诗歌

忧伤的三月

趁着春暖花开的季节

我也来到这盛产诗的港湾

面向遥远的天际

面向蔚蓝的大海

为海子献上深情的敬意

畅游青海湖

不要问湖的深浅

却要看湖的辽阔

青海湖

面对祁连山的钟爱

仿佛是一对情侣

许下一世的愿

无怨无悔

我漫步湖边

看游鱼欢畅

百鸟飞翔

远方的大山

充满了神秘

洒水车的音乐

在城市

洒水车的音乐

响个不停

就像一个

疲于奔命的人

为了生计

不停地忙碌

在城市

我与它的梦想

距离很近

而彼此的交流

却在两种不同的状态下

穿越生活

遇见一位画鱼的人

在青海

遇见一位画鱼的人

只要手指一动

他画的鱼

就与众不同

笔墨轻盈

着色雅致

如同鱼在水中

活灵活现

一眨眼工夫

那跃然纸上的鱼

让人爱不释手

我在欣赏鱼的同时

却对这位画鱼的人

充满敬意

如果时间行将老去

如果时间行将老去

我失去的不只是时间

还有生命和艺术

那我该怎么寻找

一种拯救的途径

想返老还童

没有什么灵丹妙药

想违背规律

没有什么新的发现

该怎么办哪

思来想去

只有将有限的时间

积攒起来

让生命的情怀

拧紧时间的发条

在每一个刻度上

写满大爱

这样纵使时间

匆匆而过

我的生命和艺术

不会因时光的消逝

而失去耐人寻味的光彩

用什么填充心灵的空白

心灵是一张洁白的宣纸

可以用笔写字

可以用笔绘画

可以用语言说话

可以用智慧张灯结彩

一个人的心灵

与另一个人的心灵不同

如同山与山的高度不同

水与水的宽度不同

字与字的结构不同

画与画的色彩不同

诗与诗的意境不同

血与血的浓度不同

不同的人

有不同人的心灵空白

如同不同的人

有不同的花样年华

不同的事物

有不同事物的发展格局

用什么填充心灵的空白

只用时间是不够的

只用空想是不够的

只用有限的知识是不够的

只用一点点的努力是不够的

用什么填充心灵的空白

只有将时间高效地利用

只有将空想变成实干

只有将知识不断丰富

只有将奋斗变作生路

用什么填充心灵的空白

这不是一句语言的诘问

而是出自心灵世界

面对人生的呼唤

沉默的诗

沉默的诗

如秋天的石头

暖阳里

晒着一丝凉气

沉默的诗

如嘴角的一支香烟

吸上一口

神清气爽

这些不会煽情的诗句

在沉默者的心灵上跳动

如同秋天的雨点

敲击着湖面

穿过一条小巷

回想一段平凡的日子

却见一个沉默的人

面对前途

低头不语

一条鱼的命运

该死的鱼

一不小心

上了我的鱼钩

我在摘鱼钩时

发现这条草鱼的嘴边

还挂着一块生锈的铁

说明它曾经被人钓过一次

只是拼命地跑了

这倒让我吸了一口冷气

这么大的一个水域

你为什么不跑得远一点呢

偏偏让我碰个正着

是你上辈子欠了我的债

还是要我欠你一条命

一条鱼

就这样不明不白地死了

夕阳西下

我在想着一条鱼的命运

如果不是为了吃食

它又怎么会犯得上死呢

如果它不贪吃

它绝对不会今天被饿死

该死的鱼呀

它给了我一个哲学命题

一个睡不着的冬夜

一个睡不着的冬夜
空气里微弱的光线
像老人和留守儿童的呼吸
散发着孤寂

一个睡不着的冬夜
在几千米的地层深处
有一群矿工
正在岩石与煤之间掘进

一个睡不着的冬夜
有无数学子
在难以就业的竞争面前
他们迫使自己
彻夜苦读

一个睡不着的冬夜
将诗人敏感的心

与尘世中的事物

纠结在一起

漫漫长夜里

有谁听得到

他们发出的声音

日子像流星一样划过

日子像流星一样划过

心在平凡的世界里追逐

回首往事

许多迷恋的故事一闪而过

纵有千年的感伤

随红尘落地

激情动荡

星光璀璨

却见牧马人驰骋草原

高原上升起不落的太阳

此时，我点燃一支香烟

以最虔诚的情怀

为那稍纵即逝的时光

极目礼赞

面对一只左手

面对一只左手

从头往下看

仿佛是一座山

沟壑纵横

线形逼真

那一条情感线

似小溪奔流

浪花激越

那一条生命线

如长虹贯日

连接天地

我生在农村

我知道我的命运坎坷

面对一只左手

我在茫茫人海中

寻找自己的人生

为你写诗

这么好的天气

这么好的心情

想写一首好诗

将自然的美

与生活的美

装点成句

让生命与自然对话

让灵魂与诗歌飞翔

这样的情怀

如同捕捉爱情的甜蜜

为你写诗

为你寻觅生命的大爱

这是你的期待

也是诗人一生的追求

马 术

——题王春生摄影作品

一匹枣红马

在虚幻的草原上奔驰

马背上腾空而起的

蒙古族汉子

像一碗被火点燃的烈酒

疾风劲驰

草原着实并不遥远

转眼之间

生命便定格成一幅

绝美的图画

月满秋夜

——题王春生摄影作品

月朦胧

水朦胧

电厂朦胧

秋夜朦胧

宛若一幅画

雄浑典雅

犹如一首诗

意境优美

是北方的蒙古包

还是南国的电厂

秋夜里

一个静字

灼痛了多少火热的目光

鸿电夜色

——题王春生摄影作品

在大海边拍摄

鸿电夜色

这是一次

难得的机会

完美的组合

不仅呈现的是艺术的技巧

准确地说是思想的深度

一边流光溢彩

火焰映红了天空

一边沉默如山

乌金在闪闪发光

一片红色

一片黑色

投射在海里的

却是一种蓝色的憧憬

鸿电夜色

交织如梦

犹如你的快门

掠过时空的维度

穿越生活

收废品的人

没人在意收废品的人

他们在城市的夹缝里生存

快节奏的生活

拥挤的人流

一次次地将他们

推向城市的边沿

尽管如此

收废品的人

还是独行

他们没有土地

他们住着低矮的房子

但是他们有的是苦力

他们有的是靠智慧挣钱的眼力

将不同的废品分类

将不同的废品销往全国各地

这是收废品人的绝活

很多人不是干不了

而是嫌这活又脏又累

在公众面前

他们似乎低人一等

其实不然

倘若社会没有这些公民

那么城乡的废品

将会堆积如山

资源的浪费

又会对人类生活带来何等的影响

所以收废品的人难能可贵

应该得到社会的尊重

你若不信

著名作家贾平凹的小说《高兴》

将会从平民化的角度

为你讲述收废品的人的故事

这不仅是对普通人命运的关注

而且是对一个时代的考量

这也不是某个诗人的呼吁

而是对人类生活的一次反省

在城市与乡村的空间守候

在城市与乡村的空间守候

一场秋雨

正在翻新湿漉漉的记忆

儿时的村庄

在清新的空气里

飘着袅袅的炊烟

庄稼人的梦寐

在乡间的小路上

弯曲成一曲跃动的乐谱

几个世纪的风吹日晒

没有改变黄土地的面貌

山还是山

水还是水

崖间的松柏依然吐绿

草死了一茬又一茬

人老了一辈又一辈

春风依旧吹拂着大地

秋叶依然满山红遍

却不知遥远的故乡

有多少未了的乡愁

和多少陌生人的面孔

在城市与乡村的空间守候

一场秋雨

正在翻新湿漉漉的记忆

老了的城市

在混凝土密集的楼群里

要寻找张三李四的名字

还得沿着一条条幽深的巷子

寻找单元间陌生的门牌

楼还是楼

路还是路

拥挤的是流水般的车辆

困惑的是一张张陌生的面孔

城市大了

人口多了

生活小区里的树也长高了许多

老同志走了

自己也快退了

这住了几十年的城市

如同梦中的乡村

渐渐远离自己的视线

在城市与乡村的空间守候

一场秋雨

正在翻新湿漉漉的记忆

我们像一只只候鸟

不知自己该飞往何处

等待一场盛大的宴会

时间待定

一场盛大的宴会

向我走来

这不是婚丧嫁娶

也不是亲朋之邀

这是一场盛大的文学礼赞会

让我积蓄一生的激情

等待它的到来

也许十年

也许二十年

也许倾尽一生

在寒冬酷暑的岁月里

我默默等待那一刻

那一个盛大的文学礼赞会

并不比茅盾文学奖颁奖大会逊色

那你猜会是什么

是诺贝尔文学奖领奖盛宴

还是什么

我知道我心中的念想

在等待的每一刻时光里

像一位时隐时现的神灵

向我走来

也许十年

也许二十年

也许倾尽一生

爱恋的煤

有了你的发现

有了你的发现

黑色的煤炭

才会有熊熊燃烧的激情

有了你的发现

黑色的诗章

才会有激动人心的浪漫

有了你的发现

黑色的眼睛

才会有辐射全球的光芒

你是谁呀

你是地质勘探员

你是采煤的黑小伙

你是煤的情人

你是上帝的天使

在北京醒来

黎明，在朦胧的夜色里

将要开启一个新的早晨

天空的弯月

照着一位夜不能寐的矿长

在北京醒来

此时，他神色凝重

一支一支地抽着香烟

一位煤炭老部长的讲话

像一块扔在湖里的石头

激起了他心中的涟漪

这钟声一样洪亮的声音

像当年父亲

打在自己脸上的一记耳光

那个羞耻和疼痛啊

不是泪水能表达的忏悔

那次刻骨铭心的矿难

他失去了两位亲爱的工友

作为一名带班班长

他有无法推卸的责任

如果不是为了进尺

如果不是为了产量

那又怎么能空顶作业

让两条鲜活的生命

永远地离开了自己

离开了我们心爱的矿山

如今，他站在领奖台上

面对全国六百万矿工

沉重地低下了头颅

像秋天的一根谷穗

面对蓝天白云

无言以对

老部长铿锵有力的话

声声入耳

感人肺腑

我们不能再生产

带血的煤炭

煤矿零死亡的目标

不是梦幻

是呀，这不是口号

也不是老百姓所说的

官话

这是一种宽容和理解

这是一种痛定思痛后的

呐喊

当人们面对死难家属的时候

当阳光照在自己身上的时候

我们真的不会汗颜吗

我们真的不会反省吗

矿工，一个平凡至极的名字

有谁还能对他

像对煤炭一样地充满敬畏

黎明，在朦胧的夜色里

将要开启一个新的早晨

这位年轻的矿长

在北京醒来

他矫健的步伐

迅速融入长安街

车水马龙的清晨

告别了北京

他要回到火热的矿山

他要带着老部长深情的嘱托

回到千里之外的矿山

和采煤班的工友们一起

用理想捍卫生命的尊严

用行动诠释安全的梦想

谁也带不走我爱煤的情怀

每天每夜

我的睡眠

总在隆隆的汽笛声里

仿佛进入了一个梦的世界

火车走啦

我睡了

火车来啦

我醒了

这个日夜奔驰的火车哟

别人讨厌

我不计较

因为我知道

谁也带不走我爱煤的情怀

一群洁白的鸽子

雨后

神东的空气格外清新

高楼与绿树

构成了一幅立体的画面

恰遇一位休班的矿工

在广场上散步

这意外的发现

让他惊喜

一群洁白的鸽子

从草坪飞向空中

犹如一群洁白的天使

从远方飞到了神东

瞬间湿润了矿工的眼睛

瞬间温暖了矿工的心灵

一群洁白的鸽子呀

仿佛是一首意境优美的诗篇

它在启迪矿工智慧想象的同时

将神东的昨天和今天

定格成两幅截然不同的画面

一个是黄沙漫天的矿区

一个是生机盎然的家园

时间都去哪里了

——致上湾煤矿老矿工裴玉金

透过电视里的每一个镜头

我看到了

老矿工裴玉金的平凡生活

人们问他

时间都去哪里了

他微笑着说

一点也没浪费

时间像流水

流在自己心爱的矿山里

留在自己记忆的心田上

有人说

裴玉金太老实

他在上湾煤矿

一干就是一辈子

从年轻英俊的小伙子

干到两鬓斑白的老头儿

他没有当上矿长

只当了一名采煤掘进工

有人说他吃大亏了

没有挣下多少钱

可井下煤尘却没少吸

也有人说

裴玉金是条好汉

当年他打眼放炮

一月掘进一百米

现在他开连采机

一月掘进上千米

还有人说

裴玉金是个有心人

他儿子两岁时

他就在矿里的高粱地

和儿子一起合了影

他当了伊旗①人大代表时

合理化建议被采纳

他当上公司先进时

领妻子到黄鹤楼去旅游

---

①伊旗：指内蒙古自治区鄂尔多斯市下辖的伊金霍洛旗，简称"伊旗"。

他老了快要退休时

情人节送妻子玫瑰花

是呀

裴玉金活得不容易

他从农村的土坯房

搬进城里的单元楼

那一切的一切谁记得

他的时间都去哪里了

他的青春都去哪里了

裴玉金微笑着说

神东变化太大了

现在工资翻番了

生活条件优越了

矿井生产安全了

工作效率提高了

下井去干活

累点算个啥

咱和全国劳模比

距离还远着呢

透过电视里的每一个镜头

我看到了

老矿工裴玉金的平凡生活

也看到了

在时间流逝的背后

他有颗火焰般跃动的心灵

他有种无私奉献的赤诚

他的时间到哪里去了

我问我的矿山和祖国

我问我的矿工和人民

我们该怎样去生活

我们该怎样去追寻

一生与煤相守

这是前世的缘

还是今生的福

注定与煤

一生相守

尽管世界之大

万物之美

可以热爱的地方很多

但我们不能离开

脚下的沃土

更不能离开心爱的煤

是煤给了我们生存的希望

是煤给了我们追求的理想

是煤给了我们幸福的生活

是煤给了我们艺术的灵光

有了煤

我们的智慧无穷

有了煤

我们的力量更大

有了煤

天大的困难咱不怕

刀山敢上

火海敢下

哪怕是千米万米的井巷

我们都能掘进

哪怕是千年万年的煤

我们都能开采

有了煤

我们就是共和国的骄子

有了煤

我们的生活就会充满阳光

尽管岁月沧桑

我们的身上布满了伤痕

尽管时光荏苒

我们一代代行将老去

尽管煤价一次次下跌

我们经受着市场的考验

但是与煤相守

青山不老

浩气长存

我们坚信

与煤相守的一生

是奋斗的一生

是快乐的一生

是幸福的一生

这是我们的命运

这也是我们无悔的选择

因为我们是中华的子孙

因为我们是中国的矿工

一座山的高度

用眼睛可以仰视

一座山的高度

用大脑可以测算

一座山的高度

一座山

以环视全球的姿态

屹立在沸腾的群山之中

它巍然的形象啊

令人敬畏

一座山

一座盛产乌金的山

一座流光溢彩的山

它的名字

富有诗意

它的肌体

充满活力

一座山

一座蔚为壮观的山

它的海拔呀

不比珠穆朗玛峰低

倘若您是一位

热爱地理的专家

倘若您对矿山

情有独钟

感兴趣的话

您可以在飞机上航拍

一座山的高度

您也可以点着鼠标去搜寻

一座山的奇迹

如果以亿为计算单位

以年产两亿吨煤的速度

递增一座山的高度

全球数十亿人

瞬间会投来惊异的目光

一座山

横看成岭侧成峰

它比庐山还隐秘

一座山

坐落在神东

那些不甘寂寞的平凡矿工啊

成年累月

总在这座山里

用生命谱写着

他们青春的赞歌

用信仰坚定着

他们人生的追求

煤的灵魂与我同在

煤的奔跑

比马和汽车要快

我是个牧马人

发现汽车比马跑得快

你问我

这煤怎比马和汽车

跑得还快

这个秘密你不懂

谁也不能埋怨你

当代的矿工

只要手中遥控器一按

那割煤如同切豆腐

要切几块就几块

一刀割煤上千吨

一年割煤两亿吨

他们割出了世界纪录

他们割出了男人的品位

也许你一生不懂

这个并不宽敞的巷道里

煤的灵魂

始终与我同在

它运行的速度

比马和汽车要快

从井下到地面

从乡村到城市

从大陆到海外

它是一条

不知疲倦的河流

自从出了井口

一直奔向远方

从来没有回头的时刻

只有母亲潮湿的眼睛

总在注视着幽远的巷井

几多惊涛骇浪

几多恐惧和忧伤

父亲和爷爷在天堂下棋

他们断然不知

煤的灵魂与我同在

我在井下向往光明

我在井下向往光明
如同向往甜蜜的爱情
虽然身处逆境
四周被黑暗包围
但是我认定
矿灯闪烁的前方
就是我奋力拼搏的目标
向前，向前，向前
英勇顽强地向前
我不怕阴冷和潮湿
我不怕瓦斯和危岩
我不怕水的突涌
我不怕火的迸发
因为我有超强的能力
时刻应对灾难的威胁
我承认我不是什么巨人
只是一名普通的矿工
但是面对生命的挑战

面对如夜的黑暗

我的意志和情感

如同割煤的截齿

无比的顽强

无比的坚忍

时刻都在展现

男人的力量

男人的风格

当汗水湿透衣服的时候

当一条条巷道贯通之后

当坐着无轨胶轮车

朝着绿色的反光标

愉快升井的时候

我才真的发现

我在井下向往光明

如同向往甜蜜的爱情

飞上云端的煤

——祝贺世界航天领域首次使用神华煤基燃料

一条关于煤的

爆炸性新闻

像一枚飞上云端的火箭

疾速燃烧

这个让世人

眼前一亮的消息

不仅令人精神振奋

而且让人眼界洞开

谁也想象不到

这黑黑的煤炭

怎么在煤制油设备里走了一圈

竟然变成了无色透明的油品

谁也想象不到

这无色透明的煤制油

不仅用在运输、发电、工程机械、化工和纺织上

它还用在世界航天领域

这是用事实打破神话传说的创新时代

这是神华二十万名员工从未有过的自豪

更是十三亿多中国人的骄傲

世界航天领域首次使用

神华煤基燃料

这个震惊世界的科技发明

是不争事实

不仅让中国神华的煤

飞上了云端

而且让中国矿工的梦

飞向了太空

这是一条石破天惊令人震撼的轰动新闻

这是一条从地层深处直冲云霄

使人敬畏的龙的飞翔

落雪的时候

落雪的时候
雪纷纷扬扬的
覆盖大地上的一切静物
世界的纯洁和美
令人神往

落雪的时候
黑色的煤炭
从掌子面上一直流到煤场
像一条奔流的大河
在北方的土地上
在一片雪白的背景上
以其独特的颜色
汇集成河
汹涌成海
折射出矿山
壮丽的景观

落雪的时候

有无数名矿工

站在白与黑的颜色里

他们崇尚纯洁无瑕的品质

他们热爱红红火火的劳动

雪与煤的交汇

展示出当代矿工

与众不同的人生

煤的灵魂

煤是一种物质

一种埋藏在地下的物质

煤与石头和水为友

重压之下

始终保持冷静和沉默

煤不是老虎

煤也不是旷野里的谷子

煤是潜伏在地层深处的

一团烈焰

它比动物和植物的

寿命更长

煤有灵魂

煤的灵魂寓居在煤的核心

煤有幻想

煤的幻想弥漫在沉沉的黑夜

当采煤的汉子和割煤的机器

一起走进煤的世界

煤不再沉默

犹如天幕上闪烁的星星

亮出了乌黑诱人的光泽

找到了煤

如同找到了一群珍稀的动物

找到了煤

如同找到了一块丰收的田地

煤在一片欢呼跳跃声中

走出了大山

走出了河流

走向更为广阔的远方

煤的灵魂

随着煤的流动的方向

为人世间燃起一片火光

从此，煤不再压抑

煤在光天化日的燃烧之中

以一种特殊的物质身份

成为这个时代最荣耀的

灵魂化身

从此，煤不再寂寞

煤以水的流动的方式

在走向大洋彼岸的城镇中

以无私奉献的精神歌唱

将灵魂的向往

全球释放

神秘的煤

神秘的煤
藏得很深
她自然的秀色
令人眼馋

一层闪光的煤
宛若一个青春的妹妹
她含情的眼神
惹人心动

心上的妹妹呀
请允许我
把心底的爱汇成力量
把眼中的情化作微笑
沿着煤的腹地
开掘巷道
我以独特的方式
表达爱情

神圣的煤

像夜一样

埋伏在地层深处

看不见太阳和月亮照射的光芒

感觉不到大地和水的温暖与湿润

我用一双智慧的手

插进大地的心脏

抚摸你沉默的脸

以及没有反应的神经

我不相信

你就是动植物死亡的见证

你就是火山爆发的结晶

煤呀

你这黑色的精灵

几亿年前

你不是这般模样啊

你像树一样顶天立地的气魄

哪里去了

你像鸟儿一样美丽动听的歌声

哪里去了

当我用这粗糙的黑手

抚摸你神圣的躯体时

一道闪电

从思想的深处

划亮自然的每一个细节

是千万株大树瞬间倒地的轰鸣

是江河浪花汹涌澎湃的声音

是地壳裂变的一次次震颤

是人类生命的终极呼唤

煤呀

你这黑色的精灵

被岩石和沙尘

埋藏了上亿年的精灵

你是无数动植物死后的转世吗

你的灵魂又密藏在哪里

如果我是巨人

如果我是改造自然的神哪

那么我这双黑色的手哇

将要面对神圣的你

把闯入网络时代的最新信息

通过光缆传输给你

把人类最先进的煤炭开采工艺

通过煤机告诉给你

无论是白天还是黑夜

我一刻也不能再等待你

我要让神圣的煤呀

从自然界回到人间

我要让神圣的煤呀

为人类放射最后一次光芒

煤呀

你看到了吗

我带着千军万马

从地面已经深入到了

你黑色的家园

我们不能以盗火者的名义

而毁了你的赤诚与崇高

我们以人类最虔诚的心愿

向你顶礼膜拜

向世人祝福请安

神圣的煤呀

你可以跟我走啦

我要让你在充满诗意的国度里

将激情浇铸成钢铁长城

将温暖转化成光明世界

将能量液化成滚滚石油

将理想变成美丽的现实

神圣的煤呀

你是人类幸福的源泉

你是我胸中燃烧的诗篇

煤的价值

有人穿金戴银

对煤不屑一顾

煤天生是一块乌金

长在穷乡僻壤

很不起眼的地方

煤从不嫌贫爱富

溜须拍马

无论谁主宰煤的命运

煤敞开胸怀

拥抱自然

将满腔热情

奉献人类

煤的价值

就是燃烧

燃烧自己的爱情和生命

为别人献出光明和温暖

煤是固体的燃料

煤是液体的精油

有谁对煤怀有鄙视

煤对一切不屑一顾

就凭着一张黑脸

煤可以钻天入地

在人类的生活中

大显身手

煤可以燃烧

煤可以发电

煤可以制成化纤塑料

煤可以托起运载火箭

煤还有更炫的威力

它可以驾着歼-16战斗机

遨游在蓝色的天空

现在就凭着一张黑脸

煤行走天下

风风火火

有谁还对它

不屑一顾

煤的爱情

上亿年前

煤因触犯天条

被天神打入冷宫

于是

她将上亿年的爱

埋在心间

煤的修炼

在地球深处

煤的神明

在天庭之上

煤深谙

古希腊普罗米修斯

不仅用智慧创造了人类

而且用自己的生命

为人类盗取了火种

尽管那些冲天燃烧的火焰

激怒了天神宙斯

使普罗米修斯在陡峭的悬崖上

受尽了摧残和折磨

但是那些留在大地上的草木

经过上亿年的地壳运动

依然将爱的火种深藏在地心

煤敬佩

普罗米修斯的忠诚和真爱

是他从各种动物身上摄取了善恶

然后注入每个人的胸膛

才使人类具有动物的活力

煤更敬佩

普罗米修斯的朋友

智慧女神雅典娜的神灵

是她用具有活力的呼吸

吹进一个个泥人的口中

才使人类获得了生命和爱情

从此，煤也有了自己的爱情

煤对人类的爱

如同普罗米修斯

对人类的爱

煤不甘示弱

煤不怕黑暗

在每一次欲火燃烧的痛苦里

煤积淀爱情的活力和生机

不止一万次地对天呼唤

我要出山

我要恋爱

谁也不能阻挡

我对人类的热爱

也许宙斯听到了她的呼唤

也许人类听到了她的呐喊

煤在矿工的昼夜开采之中

挣脱了地狱的道道束缚

挣脱了大山的重重压力

以花的姿态

盛开在大地

煤找到了温暖人间的爱情

煤找到了幸福人类的真谛

煤为了真正拥有自己的爱情

不惜牺牲自己的一切

在人类最需要煤的时候

煤像一只飞翔的火凤凰

飞向了万水千山

飞向了千家万户

像古希腊的神话传说一样

将普罗米修斯的救世精神

传遍了全球

将雅典娜女神的生命情怀

献给了人类

煤的爱情

无与伦比

煤的爱情

神圣而伟大

回　忆

人已死了几十年了
像一把早已被风卷走的黄土
没了踪影
年轻时的印象
成了一张定格的胶片
成了记忆深处的泪滴
让人不肯回首
只是偶尔想起你的名字
或者想起你的笑容
以及你遇难的井巷
和最后告别时的机架
那来自心间的忧伤
始终让我心痛如绞
如果回忆是一剂苦药
那么我为什么要沉默
还不是因为
你年轻的血液
和那张熟悉的脸

永远留在了神东这块土地

让我在渐行渐老的路上

为你留下一生的叹息

一只编织梦想的"蜘蛛"

——写给神东煤炭集团公司劳动模范丁明磊同志

梦是一种憧憬

梦是一种希望

梦是一种劳动

梦是一种光环

你是一名平凡的矿工

一个喜欢在煤炭上做梦的人

你是一只"蜘蛛"

一个善于在煤炭上织梦的人

——丁明磊

一个名不见经传的矿工

你用1+1＞2的理论

将简单的劳动重复一遍

将平凡的工作视为珍贵

你以情育人

你用情感人

你创造的"五情"管理法

将矿工的名字

一个不漏地雕刻在煤壁上

将矿工的梦想

一刻不误地编织在煤壁上

你没有什么天才

更没有什么超人的智慧

你只是一个织梦的"蜘蛛"

将班组劳动的每一个细节

用心编织在

时光的梦里

只要你的心一动

矿工的眼睛

就会在巷道里闪闪发亮

只要你的情一动

矿工的汗水

就会变成一组

高产高效的数字

有调度记录证明

你指挥的金牌班组

在全长250米采煤工作面上

8小时割煤11.5刀

生产原煤1500吨

连续7个月

稳居全矿产量第一

而且平均每月

都要超第二名3万吨煤

这是一种什么样的精神哪

让你和你的班组

焕发出如此巨大的力量

这是一种什么样的梦想啊

让你和你的矿工

从平凡的劳动岗位

走到光荣的领奖台上

如果说

你是一只织梦的"蜘蛛"

你完成了一次次结网的梦想

那么一个民族的伟大复兴

又该需要多少人齐心协力

在中国梦的旗帜下

无私奉献中国人的智慧

由此可见

梦是一种光环

梦更是一种劳动

梦是一种希望

梦更是一种憧憬

我们从你

一个名不见经传的矿工身上

看到了一个国家和民族

正在崛起的希望

为梦添彩

中国梦

归根结底

是人民的梦

神华人不远万里

援青扶贫

为梦添彩

这是时代的召唤

这是爱国的情怀

行走在刚察

我们看到了

藏族同胞

温暖的微笑

我们看到了

高山巍峨

格桑花开

湖水蔚蓝

哈达圣洁

那五彩的经幡

在暖风中飘动

那真诚的话语

在爱心中传递

爱，是一份责任

爱，是一种使命

爱，是一腔热血

爱，是一种奉献

大爱无疆

为梦添彩

这是神华人无悔的抉择

这是神华人追梦的传承

放眼青海

我们看到了

在海拔三千三百米的草原上

牛羊成群

歌声嘹亮

楼房林立

书声琅琅

藏族儿女的脸上

挂满了微笑

每个神华儿女的心里

充满了快乐和喜悦

为爱圆梦

为梦添彩

神华人

对祖国和人民

无限忠诚

爱恋的矿山

从清晨到夜晚

从春天到冬天

从孩提到青年

从青年到老年

爱恋的矿山

如同爱恋的家

几十年与我共生

几十年与天地共枕

风风雨雨

含辛茹苦

春华秋实

不离不弃

在北方

我没有别的选择的权利

选择了孤寂

也就选择了毛乌素沙漠

选择了奔放

也就选择了火热的矿山

选择了爱

也就选择了黄土地的女儿

选择了光明

也就选择了煤炭

这一切仿佛命中注定

无怨无悔

爱恋的矿山

有我爱恋的家

有我爱恋的儿女

有我爱恋的矿工兄弟

有我爱恋的火热生活

热爱矿山

如同农民依恋着土地

如同工人依恋着机床

如同浪花依恋着大海

如同万物依恋着太阳

无论它是贫瘠还是富饶

无论它是孤寂还是快乐

一如既往

一往情深

我将我的双脚

深深地踏入大地的心脏

我将我的双手

紧紧地拥抱黑色的太阳

在光明与黑暗之间

在生命与死神之间

展开搏斗

那是一场多么惊心动魄的战斗哇

在一个充满凶险的巷道里

在一个充满梦幻的巷道里

在一个钢铁支撑的巷道里

在一个浪潮涌动的巷道里

英雄的矿工啊

正以顶天立地的无畏精神

向大自然猛烈地宣战

爱恋的矿山

就这样以争分夺秒的速度

向世界展示着

亿吨煤炭的辉煌

向全人类展示着

中国矿工的风采

尽管煤炭市场风云变幻

一波三折

尽管煤矿工人转岗分流

遍及天涯

但这不是中国矿工的耻辱

也不是我们热恋矿山的罪过

倘若我们生活在城市

也可能是另外一种人生

倘若人类不使用煤炭

也许还有别的可替代的能源

这些无可厚非的道理

我们矿工知道

我们更加懂得

国家有难

匹夫有责

爱恋的矿山哪

今生无论走到哪里

我们都会永远铭记

你厚重如山的恩泽

与你光芒四射的情怀

矿工的爱情

矿工的生活

是单调的生活

除了采煤

就是睡觉

很少有机会

外出旅游

矿工的爱情

是简单的爱情

生儿育女

上班挣钱

鲜艳的玫瑰花儿

基本与他们无缘

无论是日常生活

还是过情人节

矿工喜欢陪妻子儿女

遛遛菜市逛逛商场

或者陪兄弟哥们

三五成行

喝喝烧酒

矿工最得意的是

儿女考上大学

妻子进城陪读

自己最操心的还是

井下的那些煤

块块都能变成钱

将自己的责任和爱情

牢牢地捆绑在一起

温　暖

如果说

煤炭可以温暖世界

那么热情

便可以温暖人心

如果说

热情源于心灵

温暖源于资源

那么这个世界

并不缺乏爱心和资源

只是缺乏

对美的发现

对温暖的理解与呵护

有人说矿工是冷血动物

有人说矿工是人类火种

对于温暖

不同国籍的人

有不同的理解

不同身份和怀有

不同情感的人

认识不同

诗人认为

温暖是一种渴求

温暖是一种体贴

温暖是一种关怀

温暖是一种幸福

如果说

热情源于爱心

温暖源于资源

那么可以断言

如果煤炭可以温暖世界

热情便可以温暖人心

纵观全球

人们都在寻求

拒绝冷漠

拥抱温暖

一生，在煤的世界里沉浮

一生与平凡的人为伍

在煤的世界里沉浮

一生的光荣与梦想

就是当一名合格的矿工

一生在掌子面上劳作

习惯了惊心动魄的开采

一生见过了流血和牺牲

就再也不怕什么鬼神

一生热爱太阳和月亮

却昼夜与星星和矿灯做伴

一生与尘土打交道

身上有流不完的黑汗

一生不惧怕死亡

敢于将黑色的巷道延长

一生性情豪爽

喜欢吃大块羊肉喝大碗酒

一生疼爱妻子儿女

舍不得将血汗工资轻易浪费

一生诚实厚道

只要朋友有难总是扶贫帮困

矿工，一个特殊的群体

一生与平凡的人为伍

在煤的世界里沉浮

他们创造的价值

如同珍贵的煤一样

可以将煤变换成金钱

也可以将煤变换成燃油

可以将黑暗变换成光明

也可以将火箭送上太空

你瞧，一支无比强大的队伍哇

正带着祖国和人民的期望

在地壳深处

挥汗如雨

数字矿山

——一位文艺老兵的自述

一生中

我见过很多名山大川

也去过很多知名的矿山

却从未听说过数字矿山

这次响应党的号召

让文艺工作者

到人民中间去

我和大伙去了一趟神木

在神东锦界煤矿

我们看到了世界一流的

数字矿山

高科技信息化的应用

使综采面实现了无人化

矿井管理实现了自动化

这个跨越时空的变化

让我老泪纵横

让年轻人歌声飞扬

这不是在美国

这是在中国的神东

我们与矿工一起分享了

数字矿山

带给人民的快乐与幸福

长城以北

这是骄阳似火的夏日

有着被大地燃烧的气息

风吹尘不动

河越流越瘦

长城以南的人在忙着抗旱

长城以北的人在抢着运煤

我攒足劲头在赶写新闻

那些家长里短的闲事

早已闲置在梦的一端

渴望有一场大雨

如同渴望在一场思想的风暴里

接受洗礼

那些花开花落的往事

已渐渐淡出视线

现在最关心的一些事

莫过于战争与和平

莫过于劳动和就业

以及一切与人民有关的故事

我只想在长城以北

在一层层乌黑的煤里

将那一粒粒带有希望的元素

从矿井深处

以诗的形式慢慢托起

我明白季节的变化与自己无关

时光的节奏

总在生活美好的旋律里

旋转跳跃

我爱你，神东（组诗）

序　曲

太阳从东方升起

映照岁月的足迹

我站在金色的世界里

沐浴神华的第一缕阳光

踏着坚实的脚印

寻觅神东创业的辉煌

短短二十四年哪

一幢幢高楼拔地而起

一项项纪录世界第一

一张张激情的笑脸哪

留下了多少珍贵的记忆

党中央的亲切关怀

神华的深情厚爱

犹如母亲的手

轻轻地，轻轻地

抚摸着我的额头

我站在金色的世界里

发现黑色的煤炭

如滔滔的长江之水

如滚滚的黄河之浪

从神东的幸福家园

一直向大洋彼岸

汹涌澎湃

我沉浸在一种从未有过的激动里

我沉浸在一种骄傲和自豪的境界里

爱的抉择

太阳从东方升起

照耀金色的大地

我站在幸福的生活里

感受祖国的第一缕春风

犹如慈母的一声声叮嘱

落在儿女幸福的心田

它留给我的不只是一种美好的感觉

更是一种使命的召唤

更是一种责任的兑现

神东四公司的整合重组

它是科学发展的结晶

它是神华跃进的法宝

它与企业的命运息息相关

它与职工的利益难舍难分

站在新的起跑线上

神东人的智慧和胆识

穿行在现实和思维的空间

打造全球黑色的"航母"

铸就神华最优质的品牌

创百年神东

做世界煤炭企业的领跑者

这是飞翔者的优美姿态

这是低成本战略的优化组合

这是一种英明的抉择

这是一种向往和追求

我站在这金色的世界里

仿佛看到了神东明媚的春天

爱的梦想

太阳从东方升起

温暖矿工的心扉

科学发展的篇章

谱写神华为民造福的巨制

犹如一粒粒惠民的种子

撒向神东春天的沃土

我轻轻地推开尘封的窗户

让金色的光线飞进我的心扉

让吉祥和幸福充溢我的生活

我要在这充满诗意的土地上

看综采机割煤

看小汽车奔驰

看幢幢高楼崛起

看花红柳绿争妍

看老年人清晨舞剑

看中年人挥汗如雨

看孩子们琅琅读书

看职工们技术比武

看青工举办集体婚礼

我站在这金色的世界里

我站在了充满幸福的阳光里

神东的一项项惠民举措

犹如一缕缕温暖的春风

吹来了千家万户的笑颜

吹来了山花烂漫的期待

吹来了经久不息的掌声

吹来了矿工心中的梦想

我用惊羡的目光打量着神东

这幸福的滋味越来越浓

爱的希望

太阳从东方升起

洗涤岁月的印记

无悔的青春在神东闪耀

让大地一片光彩绚丽

我走在这块古老的土地上

我走在黑与白交织的氛围里

仿佛听到了三鼓催春的喧天声音

仿佛听到了一句句震撼人心的动人演讲

神东，这个改革创新的能源基地

它不仅给世界提供了优质的煤炭

更为人类提供了宝贵的经验

透过新闻报道的字里行间

看到了神东用人制度的巨大转变

在公开、公正、公推直选的阳光下

每一张年轻的面孔

绽放出前所未有的喜悦

每一位竞聘上岗的领导

展示出了前所未有的风采

竞聘是一种机制的改变

竞聘是一种力量的角逐

竞聘是一种才能的展示

竞聘是一种综合素质的比拼

我站在金色的世界里

看神东才俊一个又一个回合的较量

我在一个个陌生的名字里

注目伯乐幸福的微笑

注目千里马驰骋的足迹

爱的回报

太阳从东方升起

宛如流动的记忆

周身的血液激昂澎湃

流淌着矿工的幸福和感激

我站在金色的世界里

仿佛听到了远山传来的第一声春雷

神东，一个高产高效的亿吨煤都

它不仅创造出了神话般的史诗

它更加创造出了福泽员工的恩惠

面对企业高速运行的速度

面对职工子女就业难的困境

神东站在新的历史起点上

为国争光

为民解忧

一切从实际出发

不高谈空论

不沽名钓誉

为职工谋福利

为子女求就业

当一面面鲜红的锦旗

饱含着员工感激的泪水

送到企业领导者的手里

当一串串响亮的鞭炮

在神东大地上响起的时候

我站在金色的世界里

向神东的父老乡亲

深深地鞠躬

深情地敬礼

尾　声

太阳从东方升起

永远温暖着神东大地

再造神华的激情

让每个神东人深深铭记

我站在金色的世界里

面对神东竖起的一座座丰碑

面对神东经历的一次次跨越

面对天空明媚的阳光

面对一线员工奋进的呼喊

我又一次地

沉浸在一种从未有过的激动里

沉浸在一种骄傲和自豪的境界里

听

汽笛长鸣

掌声如潮

这是对劳动者的慰问

这是对胜利者的奖赏

这是对神东人的礼赞

这是对祖国的歌颂

我爱你，神东

祝福你，神东

对着一块煤该说声谢谢了

一生在你的世界里活着

你不仅给了我家

而且给了我对事业的追求

你让我结束了流浪

结束了那风雨飘摇的日子

重新开启了新的生活

我在你那里

不仅找到了人生智慧的金钥匙

而且找到了一个男人的尊严

找到了粮食、金钱、爱情和梦想

找到了滋养灵魂的精神营养

从此我的骨头变得坚硬

我的思想变得纯洁

我的爱变得深沉

我的世界变得辽阔

一生只做了一次对你的选择

你就给了我一生的幸福

从此我再也没有别的奢求

现在，我已老了

饱经了岁月的沧桑

对着一块煤

该说声谢谢了

盛开的乌金花

我猜想在花的王国里

还没有谁见过这个名字

如同不认识我的人

对我的面孔一样的陌生

乌金花是个什么样的花

它不像山丹丹那样的鲜红

也不像牡丹花那般的艳美

它盛开在没有阳光的地层

春夏秋冬

乌黑的花朵竞相绽放

它不是迎春花

但是它知道春的温暖有多少

它不是山丹花

但是它知道火焰的赤色更撩人

乌金花是一种普通的花

它不害怕岩石挤压

也不畏惧风吹雨打

有光可以盛开

没光也可以盛开

有人说它没有生命不算花

有人说它是所有树木花草的精灵

有人说它太黑太脏

有人说它美丽如玉

我想在春天里赏花的人

看到的一定是生机蓬勃的花

却没发现孤独的乌金花

只有潜伏在地层深处的人

才会看到盛开的乌金花

像大海一样

涌动着层层黑色的波涛

它引鱼成群

它化蝶为魂

将人类无私的爱

汇集成矿工灿烂的微笑

在地心深处

一层一层地盛开

秋天的矿山

在一片广阔的田野上
秋天的矿山
如一朵朵盛开的玫瑰
吐露芬芳
蓝天
还是那样一望无际的蓝
白云
还是那样淡然地飘
树一年比一年长得高
草一年比一年绿得深
挖煤的矿工
也没有明显的季节反差
他们不分昼夜
总是头顶着矿灯
身着矿服
一脸微笑地面对着生活
带着阳光入井
顶着星辉回家

一米一米地掘进

一刀一刀地割煤

仿佛在掰秋天的玉米

仿佛割地里的谷子

一样的生产

一样的快乐

在那蒙古语和汉语交汇的地方

有一片神奇的土地

处处埋藏着厚厚的煤层

处处潜伏着动人的故事

秋天

我无数次地深入矿井

抚摸着煤的黑脸

感悟着矿工的人生

秋天的矿山

美丽如画

秋天的矿工

风采迷人

大山在歌唱

大山在歌唱啊

大山在一年四季里歌唱

它的歌唱打破了沉寂的荒原

它的歌唱传遍了天空和大海

有人坐着汽车深入到大山的母体

静静地倾听大山的歌唱

有人坐着飞机到大山里考察

发现大山的歌唱雄壮优美

是谁能让群山沸腾不息

是谁能让大山歌唱不止

是英雄的煤矿工人哪

他们在一座座大山里采掘乌金

他们的歌声充满了活力

让采煤的滚筒在煤壁上歌唱

让奔流的煤块在皮带上歌唱

让年轻的生命在自豪里成长

让幸福的声音在大山里飘荡

大山在歌唱啊

大山在一年四季里歌唱

它惊天动地的歌声

像春雷一样震撼人心

像闪电一样划亮时空

煤的温暖

到了冬天

我感觉

煤的温暖

不是一般物质的温暖

特别是大雪飘扬的时候

我感觉

如同身上的黑色棉袄

处处散发着

母亲的仁爱

无论是天寒地冻

还是北风呼啸

我感觉

有了煤的温暖

如同有了慈母的关怀

无论走到哪里

无论遇到什么困难

我感觉

身边只要有煤

我梦寐以求的生活

就会变得

红红火火

我的梦想

我要让天空闪亮的星星
一颗一颗飞进幽深的巷道
我要让地下沉默的矿工
一个一个怀揣时代的梦想
我要让煤变成电流
我要让煤变成汽油
我要让煤化作清洁能源
我要让我绿色的梦想
变成时代激越的歌唱
我要让这多彩的生活
融入矿工满满的祝福

跋

追求人生诗意美好的生活

2013年，作家出版社出版了我的第四本诗集《盛开的乌金花》，经中国作家协会副主席何建明推荐，由当代诗人、作家出版社编辑李宏伟担任责任编辑。其实我与何建明同志只是一面之交，那是有一年他到矿区采访，经领导介绍，我俩在神东宾馆匆匆见了一面，他是全国著名作家，我是一个业余诗人，他赠送给我他的几本报告文学集，我送给他一本时代文艺出版社出版的我的诗集《神圣的煤》，彼此留了手机号，之后多年不曾谋面。2013年我想出版《盛开的乌金花》，打电话给何副主席，他说他工作很忙，又在外地完成一部大部头文学作品，没有时间见面，他让我亲自去出版社找一下李宏伟。于是，我专程去北京，找到了李宏伟，并与作家出版社签订了出版合同。两个月之后，书出版了，我心中一直悬着的一块石头落地了。我高兴地告诉何副主席，在我五十多岁时，终于在作家出版社出版了自认为还不错的一本诗集，也算是对自己和亲人有了一个好的交代。2015年，这本诗集经中国煤矿文联推荐，入围全国第六届鲁迅文学奖，虽然没有获奖，但能在全国上千部书里出现我的名字，自认为已经是很不错了，这件事让我兴奋了很长一段时间。当时我想暂时就不出书了，还是继续读书，继续写诗，对于能否在全国获奖的事，也就渐渐地淡了。两年之后，我在轻松愉快的时间里，发现自己又创作了上百首诗，这些诗都是我的业余创作，它让我对我的生活有了新的思考。

我是个热爱生活的人，也是个热爱诗歌的人，写诗使我对生活更加充满了无限的热爱。生活是一座山，诗歌是深埋在大山里的一块块煤，我是一名矿山的诗人，在生活里"采煤"，这是矿山诗人的一份天职，也是我选择诗歌创作的一条路径。如何使诗歌生活化，如何使生活诗意化，如何使黑色的煤变得更加美丽动人，如何使"矿工"这个名词变得更加贴近生活与现实，我面对世界辽阔的诗坛，常常陷入一种不安的状态，于是在一个小小的生活空间里，写时光留给自己心灵的划痕，写故乡留给自己深深的情怀，写矿山朝夕发生的每一个变化，让诗进入人们的生活和心灵，让生活的美带给人们新的精神向往和人生追求。基于这样一种思考和对生活与艺术的理解，我一直在诗歌创作的道路上坚持着自己的创作方向，尽管走得艰辛，但走得快乐。

一个人的精神之旅，就是在创作一首诗的时候，方才觉得生命的美好、生活的美好、时代的美好、人与自然的美好。生活是大海，我是这片大海里的一尾鱼，能够在诗的海洋里畅游，这是我的福分，也是我区别于矿工的一种精神和境界。我们都是"煤海游鱼"，虽然我们生产的产品一个是物质的，一个是精神的，但都是同一种生活状态下的两种不同的生活方式。矿工是平凡的，但也是伟大的，他们的伟大之处不仅仅是为人类奉献了煤，更重要的是为人类奉献了生命和灵魂，为生活增添了物质的美。诗人是平凡的，但谈不上当下的伟大，他的伟大之处，也许在百年之后，有一首诗还活在人们的记忆深处，或者被世人传诵。他们奉献的是思想的美、艺术的美、哲学的美，为生活增添了精神的美。

诗集《一座山的高度》即将出版，它是我献给读者朋友的又一束鲜花，感谢春风文艺出版社和社会各界朋友的大力支持，感谢生活带给诗人新的发现和艺术的创造，我相信，在追求人生诗意美的生活道路上，我们每一个人都会有新的创造和新的突破，因为新的时代给了我们新的机遇和新的挑战，我坚信生活是美好的，诗歌是美好的，明天更是美好的！

肖峰

2017年7月24日于神木大柳塔